続・詞華集――
『夢追いの狩人《スナイパー》』

山口一彦

文芸社

目次

エッセイ（随筆）

短歌

【雑詠】

山百合の園生《そのう》の命弄ぶ兇刃繰りし闇何処《いずく》より

（やまゆり園事件）

虚無僧《こむそう》の独り言めくグールドの時折漏れ来拉《ひしゃ》げたハミング

憂き波に朧に宿る初桜掬はむとても叶はぬ映し身
（「掬ふ＝救ふ・映し身＝現し身」それぞれ掛詞）
（コロナ禍の大学新入生へ）

巣籠の標《しるべ》は風の便りにて驕りの春も絶え絶えなりぬ

（同右）

己がじし受く「棒縛り」次郎冠者さながら演ず社会的距離《ソーシャルディスタンス》

氷結せし軒の柳刃折り取りぬ夕べの蠱惑《こわく》裁ち捌《さば》かむと

蟷螂《とうろう》の艶《あで》な振りする袖返し「さぁ〜さぁ〜見さい！」草もみぢして

体二つ割れて互ひに浮き沈む上手下手の投げ打ち合って

（大相撲）

外四つになりて諸差《りゃんこ》を封じ込む委細構はず蛸壺のごと

（大相撲）

瀧のごと沈むフォークに腕たたみ拾ひし打球野手を越えゆく

幾度《いくたび》も牽制かされね封ずれど息継ぐ刹那盗まれし塁

墨染に紛れて哀し武士《もののふ》の魂《たま》に匂はむ柊《ひいらぎ》の花

（「熊谷陣屋」）

鶯の囀り近くば存外に障子震はすほどに囂《かまびす》し

炎帝に召され火炎となりしかな吾俗名をば紫陽花と発す

咳《しわぶき》の漏れきたれども一つだに訝られもすコロナの世にては

漏刻の営み余所に蝸牛殻《かたつむり》を書室に「モモ」読み耽る

咳《しわぶき》の一つなれども物の怪の憑きたる様よと恐れられける

まだ溶けぬ氷れる眠りに鋸を挽く傍若無人に熊蟬の刻《とき》

春陽浴ぶ湾の鼓動か波頭パステルカラーのグラスが並ぶ

五線譜に凍結されし調べあり今し解くらむ炎の掌《て》にて

雲に入る鳥は光の跡となり赫き階梯《きざはし》陰画《ネガ》となりゆく

稠密となりたる時代《とき》の年輪に紛れ失せなむ仮面の告白

紅染の夕焼け野面《のづら》反り返る失血死せぬか天蓋の花

（天蓋の花＝曼珠沙華）

杭抱き木彫の如き水蠆《やご》の殻孵化せし後に菩薩遺せり

ポーカーに興ずる面《おも》の七変化木鶏たらむとするも叶はず

子ネズミの安らかならむか貌姿態《かおかたち》罠掛けし吾の殺生を詫ぶ

露西亜人《ろしあびと》の「星」なる言葉《ことのは》凶々《まがまが》し濁音連ねしは秘儀？
バーバリズム《野蛮主義》？

（「星」＝［露語］ズヴィズダー）

蛮族の地鳴りのごときズヴィズダー戦車連ねし迷妄の陣

吃音を知らぬ天より溢れ来る雪一心に捲立《まくした》てをり

規範より解き放たれし人々を認知症とふ耆れる我ら

初音して現実《うつつ》にもどる昼寝覚めはやも翳ろふ陽のヴォカリーズ

眼裏《まなうら》に結びては消ゆ花の苑夢なりけらし嫣然《えんぜん》たる俤《かげ》

散る意志の固きが故に花々は己の矜持風に譲らず

文字盤は半透明の影に溺れ天は無月か刻《とき》は徐脈に

何の咎《とが》あり展翅《てんし》されたる昆虫《むし》たちよ美《は》しきが故か冤罪の群れ

薔薇唖ヘステップ踏む野に曼珠沙華ファム・ファタールの艶舞
火刑に

一目《ひとめ》だに逢瀬叶はばいかばかり百代《ももよ》経《ふ》りたる春ならましを
(『春の雪』―松枝清顕)

天上に忘れ来しかな唄心謀《たばか》り通す雪片の沈黙《しじま》

殉難の入日を葬《はぶ》る鋭《と》き波浪海の裁きか血汐の散華

白木蓮《はくれん》の萼《うてな》に宿る月光《つきかげ》の雫もて研ぐ銀獣の爪

俳句

【雑詠】

神の手を逸れて名月雲の手に

水澄むや魚は目を閉づこと知らず

水澄めばものみな光の中に澄む

水澄みて焦がれよ魚ら星影に

水澄みて水面に映える指紋跡

中秋の供物も虚無への手向けとす

白粥や光の秋を炊く朝《あした》

覚めてなほ夢の落穂を拾ひけり

金風や鼠繰り出す埴生宿

俤《おもかげ》は宛《さながら》風の障子影

鳥翔ちて裸木となりぬ帽子掛

瞳《め》のあたり宙《そら》が撃ち抜く枯芙蓉

溜息の数を落葉と競ひ合ふ

蕾まだ真空パックよ日脚伸ぶ

溜息を踏み拉《しだ》かむと落葉踏む

虚無僧《こむそう》の集い更けゆく虎落笛《もがりぶえ》

凍瀧や甲冑《よろい》着こなす憂国士

障子影移ろふほどの黄泉《よみ》帰り

銀嶺の夕映盗み火舎《ほや》を閉づ

ランナウェイ裸足の風が履く落葉

氷柱より滴る天のヴォカリーズ

初蝶や菜の陽炎となりぬべし

余命とふ鏡の中の朧かな

桜貝拾ひし昭和水脈《みお》に失せ

春愁や魚は水面を瞬かせ

玉雫花閉ぢ込めしままに落つ

囀《さえず》りや馴染み重ねし衣紋掛

君をしぞ絶ゆることなし花筏

ふらここやロンシャンロンシャ風の騎手

椿落つ居合《いあい》の風の後光《あとびかり》

仕舞はれて後《のち》の世巡る雛のシテ

薄氷《うすらい》より漉きたる縹《はなだ》風の朝

庭石の離島防衛猫の恋

薄氷や指一本で弾くピアノ

白龍《はくりょう》の脱皮せんとす蒼天へ

（白龍＝白瀧）

梅雨空を仰ぎ何弔《と》ふ水鏡

紫陽花や微恙《びよう》にありし無辜《むこ》の民

新緑に狼藉をなす訃報かな

陽はとろり菖蒲《あやめ》は色を流しけり

藍深し魚に道説く聖五月

紫陽花のそれぞれ風に否と諾

木漏れ日や泉クスクス笑ひをり

老鶯《ろうおう》の一頻《ひとしきり》して蟬の声

枢窓開けては母へ蟬時雨

炎帝の恵みや墓石《はか》に風の精

瀧音や父一徹の学者道

乳腺のオペの後先《あとさき》濃紫陽花

一山《いっさん》の蟬時雨消ゆ国技館

（コロナ禍にて）

転校生化学反応青嵐

幼鳥のいざ摑まむか初夏の風

夕凪に墨絵のごときサキソフォン

蜘蛛の囲の数増す狭庭天高し

蜘蛛の囲の檻より臨む秋の虹

暈《かさ》揺すり監獄ロック踊る蜘蛛

詩

夏の抒情小曲
～浜風のカプリス～

潮の香りを含んだ微風《そよかぜ》が
小鳥の囀りのように
少女の麦藁帽子の
リボンをくすぐり
背後の丘の斜面に咲く
カンナの花に
飛び移り
空の青さを残して
そのまま
飛び去っていった

海岸沿いを走る

路面電車が時折姿を現すと
その車輪の鋭い軋み音が
柔らかな潮騒の響きを
容赦なく轢《ひ》きながら
強いリキュールのような
光の束を窓から投げかける

海の香りと鉄錆の匂いの
混じり合った旧型車両が
ホームに立ちはだかる……

小休止する眺望

ゆっくり動き始めた電車の
窓枠の一コマ一コマが
まるで未編集のフィルム（ラッシュ）

のように彼方の風景を細断しながら
もどかしく映し出している

動き始めた電車の
煽り風が麦藁帽子を
さらおうとする

咄嗟に差し出された
萼《がく》紫陽花《あじさい》のような
掌《たなごころ》のリリーフ

困惑という小さな渦が
ほどける

帽子の蔭から
甘い水を氷らせたような瞳と

少し開き加減の口が貝殻のように覗く
砂にたちまち吸い込まれる
引き波の痕跡のような
笑みを含んで

暫し遮られた眺望の中に
引き戻された
海景の眩さは
海の虚栄
完璧な夏の健康性の孕む
灼熱の空虚
完全なる健康という
過剰なる病

真昼の海の
息苦しいほどの厚化粧が

徐々に薄れ
傾き掛けた日差しが
小さな岬の下に［註1］
禍々しい蔭を落とし始めると
蔭となった入江の隅に
古い壁紙が剝がれ捲《めく》れたような
暗部が口を開ける

そこには古びた歴史の
黴臭い記憶が
風化に抗いながら
記されている

—高名な作家と女性の名
そしてカルモチン—［註2］

触れれば崩れてしまいそうな
朽ち果てた文字

錯覚だろうか?
いや、きっとヤヌスの仕業だろう［註3］
黴臭い歴史のアーカイブス
時と時の重なり合う年輪の
狭間に成仏できずに
生きながらえているものの
かすかな呻き
時と時の連続性を遮られ
壁の中に生き埋めにされた命の
時折の目覚め

古い歴史の詰まった
玉手箱の蓋を閉じ

岬から目を転ずると
そこは
何もなかったように
相変わらず
ウィンドサーフィンの群舞が
夕光《ゆうかげ》を奪い合っている

海は色とりどりの
帆影を渡る潮風の
華麗なムーブメント

砂浜では
寄せ波と引き波とが
ふと交錯し
互いに重なり合い
砂上を這いながら

一瞬の間に生まれては消え去る
漉き波のテクスチュア
それは渚を越境する
波の夢想

軽微な
メスカリンを含んだ
香りは
潮風による
誘惑の小手調べ《アヴァングー》
無防備となった
少女の心を覗き込む

心をまさぐる微風《そよかぜ》の触診

指先にかすかに触れる脈動は

しなやかな波の穂先が
シュワシュワと泡立てる
密やかな「心」の点描図
それは海綿のように隈無く
夢を吸収し
拡張時には
憧憬《しょうけい》を大胆に解き放つ

憧憬　それは
魔法にかけられたような
気怠《けだる》い薄暮の中で
未来を測る
希望のコンパスが描く
無限円

少女の繊細な欲望と

淑《しと》やかなマグマが
希望のコンパスとなって
旋回し始める

それはさながら
希望の演ずる
グラン・フェット・アン・トゥルナン

希望とは
夢の浮力を備えた
軽やかな意志

薄暮の海浜を
水族館の巨大な水槽に見立て
回遊する……
いつまでも

夢と憧憬を簒奪し
繋留しようとする
水平線の 謀《はかりごと》 は
夢との果てしない
延長戦を
繰り広げながら
いつしか
夏の夕闇の中に擦《す》り込まれ
色褪せて
消えていく

夢が輝きを増すのは
闇の中
希望の星として

海は
黄金色の鑿で彫られた
碧《あお》い大理石の夢を抱いて
鎮もりかえる

［註1］小動岬《こゆるぎみさき》
［註2］太宰治の〝七里ヶ浜心中〟
［註3］ヤヌス＝過去と未来を同時に見ることのできる神

海景

海の微風を
織り合わせ
藍の水辺を
曳航する心地

「時」は放心したまま
　波間を漂う

Ⅳ……Ⅴ……Ⅵ……～afternoons～

漉き上げた
和紙の如くに

帆影を映す
水面は

羅《うすもの》纏い
いよゝ透けゆく魂の
辷りゆく彼方に
仄見える
「時」の影を追う

紫炎の衣
飜して去っていく
「時」は
波の穂先に並べた
薔薇色の
ワイングラスを
次々に射落としていく

射落とされ
砕け散った
波の破片が描く「時」の
散りゆく
脆弱な光の散華に寿がれ
「永遠」が
水平線を跨いで入滅する

パントマイム

攻撃的な夏の日差しを
棕櫚の葉の
ブラインドが
細断機となって
幾重にも細断してくれる

そして風が
細断された光線を
ゆるやかに
グリッサンドしながら
撒水車《さっすいしゃ》のように
辺りに撒き散らす

葉音を忍ばせながら

光の撒水車は
シネマトグラフィーのように
記憶を繋ぎ合わせ
循環させる

ほんの数ヶ月前
貪婪な海に呑み込まれた
無数の瞳《め》と叫びが
今は声なき海の微風を受けて
音を喪失した風鈴のように
ひっそりと虚空に揺れている

ある家の入口には
風を集めることに倦んだ風鈴が

縊死したように
ぶらさがっている

またある家では
軒に下げられた
のっぺらぼうの短冊が
無言のまま

パントマイムを踊っている

—海の悪戯
殺意無きジェノサイド—

消え去った無数の言霊を
代弁するように
パントマイムを

踊り続けている
「キエサリシ　ナベテノヒトヲ　シノハユ」

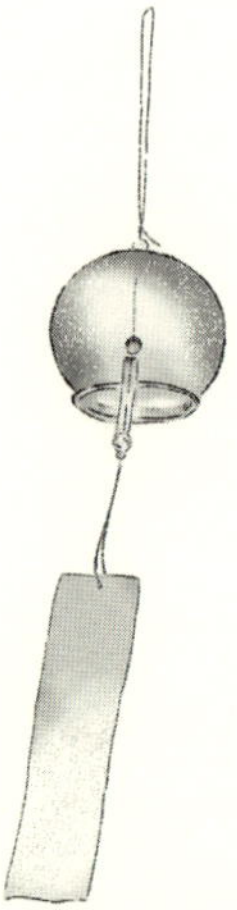

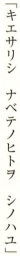

戦火の街

街路は烟る
硝煙に

黒白
市松模様の
舗石を濡らす
葬送曲

心を鎮める帷《とばり》すら
火傷しそうにきな臭い
過呼吸を起こし始めた

街路灯
点滅の果て絶命す

停電は
心の襞さえ
恐怖の型に
裁断す

アパルトマンの
窓々に
映し出される
大夕焼
消火に追われる
消防士
三途の川より
水を汲む

天の視座より
眺むれば
装甲車列も
ジオラマか

束の間供えた
献花台
花も命も
玉の露

世界史の
表舞台に躍り出た
大量殺戮
ジェノサイド

ヒトラーでは終わらぬか
スターリンでも終わらぬか

執心の波間に
浮きつ沈みつする
歴史

露西亜の「星」は
凶々《まがまが》し
濁音連ねし
「ズヴィズダー」
そは秘儀なるか？
はたまた
野蛮主義《バーバリズム》？

大ロシア主義とは

ネオナチか？

装甲車輌は
地響きたてて
「ズヴィズダー！」

アブサントより
はるかに度数の
上回る
毒酒としての
「ナルシシズム」
　そして
「ヒロイズム」

怪傑ゾロ
その刀の 鋒《きっさき》が

空に描きし
ロゴマーク
侵略指揮する
何某《なにがし》の
快哉表す
似て非なる
表徴か
進軍の
装甲車列の数ほどに
居並ぶ「Z」や
古都の街

人の命を弄ぶ
生殺与奪の権限も
弱肉強食
自然の摂理ということか?

無辜《むこ》の民への
救いの手
待てど暮らせど
ニチボー　ニェート！（「何もない！」）

攻勢守勢は
底なし沼の
因果応報

悲歎の泉よ
深きが故に
穢《けが》れを浄《きよ》むるか？

人間の叡智に
毒矢のように突き刺さる
天の声

悪魔面して言い放つ
「戦《いくさ》は終わらぬ……
いつの時代も……」

眠った筈の
壮大な戦争叙事詩が
また甦る

こうして
人類は弛まず
進化を遂げていく
電脳爬虫類へと……

されど　我ら
「人の世を呪うまい！」（拙訳）［アルチュール・ランボー］
(Ne maudissons pas la vie.)

熔融する世界

鏡面がわなわなと波を打つ
それまで蓄えられてきた
光の粒子が
涙のように
雨滴のように滴り始める
それは次第に液状化を起こし
やがて崩落する

そのように
世界は熔融する
融点を超えたのは
人間の驕り？

熔融する人間
自画像の喪失

視力は光を離れ
ただ浮遊する闇の泡沫

聴力は左右のボタンを
掛け違えたように
音をハンブルし続ける

拘置所の面会室さながらの
フェイスシールドの内と外

現実に紗を掛ける
ノンタッチパネル

リモートワーク
主《あるじ》を失った
吹奏楽器の
静かな慟哭

海抜０地点に
曝された
文化的営み
そして経済活動

萎縮するコミュニケーションと
コミュニティの瓦解
膨張し続ける不安神経
フェイスマスクは

口元を隠すだけではなく
人々を唖にする
マスクを掛けた蠟人形のようだ！

キューピッドとコービッド［註1］
一字違いの天使と悪魔
人と人との触れ合いの
究極にある「愛」そして「命」
究極にある「死」そして「無」
似て非なる
一字違いの可逆性

マスクの枚数を
数えるように
日々繰り返される
命の数量化

命の線引き《トリアージ》
（さする権利はいずこにありや？）

吸う息も吐く息も
マスクの中で
腐りはじめる

大気を領する
微細な粒子の霞網
それは狡猾な 罠《エアロゾル》

息絶え絶えとなり始めた
VIE《ヴィー》（命）・・AME《アーム》（魂）……［註2］

肺胞内部で絶対多数を占めた
ウィルス群による

チャルダッシュ・マカーブル（死の舞踏）

人類は社会的距離を保ちながら
整然と死へ向かう

人類の歴史は
記憶する人類の
記憶の消失によって
すべて消え去る
復元不能の「記憶」と「歴史」

〜COVID-19〜

［註1］ コビッドはキューピッドと韻律を合わせるためにコービッドとアクセントを変えています。キューピッドは元々ローマ神話のクピドーからきており、いずれも言葉の響きが似ています。
詩の中では言葉の遊び〜パラフレーズ〜は許されます。

［註2］ フランスの科学者にして哲学者、ガストン・バシュラールは、「命」と「魂」という単語の発音は吸う息と吐く息の身体的表現であると指摘しています。
また、「息」という漢字の中には「心」が含まれていることにも留意したいものです。

冬の日の幻想
～プティ・ヴォワイヤージュ～
（小旅行）

向き合ったまま
立ち並ぶ裸木の
細い枝々の
鋭利な影が
乗用車の
フロントガラスに
楔を入れている
鴉の嘴のような
攻撃性をもって

運転席に座っている男が
日よけに掛けている

サングラスにも
冬の西からの強い日差しが
木々の合間から
襲ってくる
斜光の間断ない
集中砲火による
瞬時の破壊と復元

早廻しにしたような
燈籠の影絵を潜り抜け
林間の織りなす
光と影のトンネルが終わると
そのまま
日脚の短さが
影法師をあちこちに配し
整列し始める

私の心はいつの間にか
影法師たちの人質となって
囚われていく
その悴《かじか》む心の襞の一つ一つを
先ほどから顔を覗かせている
寒月が映し出す

不確かな人間の心を
容赦なく探る
「明察！」
自然の精密なCTスキャン
目の前で繰り広げられる
無言の診察所見

―所見―

「ピエロ・リュネール《月に憑かれたピエロ》・シンドローム」

いや、
それは多分心の中で
演じられる
己の心理の無言劇だ

果てしなく続くと思われた
憂鬱の心理劇

その鎖が突然途切れたのは
眼下に氷湖が姿を現したからだ
高い丘の上を走りながら
遠望する湖は
氷に閉ざされたまま
まるで山塊に拉致されているかのようだ

丘を一気に下り
湖畔沿いに走ると
どうやら全面結氷しているようだ

対岸に点在する

ホテルやリゾート施設etc.が
月光に浮かびながら
点燈した光を
凍結した湖面に辷らせている
幾何学模様のように
まるで氷湖全体に描かれた
コンパルソリー

やがて

乗ってきた車が速度を落とし
ようやく辿り着いた
丘の上のホテルの一室に
自身の影法師を抱えたまま
入り込む

喉の渇きを覚えて
熱湯を注いだ
ガラスのティーポットの中で
茶葉が風に舞う枯葉のように
踊るのを眺めながら
疲れた身体を
ベッドに横たえる

今しがた見た
氷上の光の図形――

コンパルソリーの残像が
茶葉の踊りと重なり合って
己の影法師を消し去り
もう一つの美しい影法師を甦らせる

睡魔と妄想の中に現れた
氷上の舞姫
忘れがたい幻影

「カタリーナ・ビット」

「氷上のカルメン――CARMEN ON ICE」

蠱惑的なその眼差し
渦を巻く優雅なレイバック・スピン!
スピードを増すその旋回!

次第に目が回り始める！
益々睡魔の中に引きずり込まれていく

深い眠りに落ちようとする
朦朧とした意識の中で
彼女の姿態が花へと変容する
魔性の女が投ずる
深紅の薔薇へと
または
赤い曼珠沙華へと

飛行機雲

ふと耳にした
オールディーズのメロディーが
老人のブレイン・フォッグを
揺り動かす

朧なメモリーを内蔵した
記憶のスプレー缶から
噴霧された
霧状のロゴが
飛行機雲のように
現れては消えていく

〝ボンジュール・トリステス《悲しみよこんにちは》〟ならぬ［註］
〝ボンジュール・ジュネス《青春よこんにちは》〟

一九六〇年代の
ショッピングモールを
せせらぎのように流れる
ＢＧＭ
ビロードのようなナット・キング・コールの歌声
粗織りのようなレイ・チャールズのだみ声

ショーウィンドーを覗き込む
マネキンのような少年
〝I like your jacket.〟（そのジャケットいいね！）
本物のマネキンが
薄笑いを浮かべながら

彼を見下ろす
青春という霞網に
捉えられた少年
〝I can't stop shopping for my style.〟
服飾のクロニクルに刻印された
コモンセンス
テクニカルターム

石津謙介
Van JACKET
IVY LEAGUERS
ボタンダウン
サイドステッチ
尾錠
タータンチェック
マドラス

（……etc……）

飛行機雲が薄れていく
記憶もまた……

［註］「ボンジュール・トリステス」は、フランスの女流作家フランソワーズ・サガンの小説の題名・邦題は『悲しみよこんにちは』。当時（一九五〇年代）世界的なベストセラーとなった。

滑落停止

雪渓に
身の位置決定を図ろうと
暫し逡巡していた矢先
周辺で俄に起こった
ブロック雪崩が
身を竦《すく》ませる

それは最初のうち
まださらさらと軽やかに
一叢《ひとむら》の枯葉が
風に舞い落ちるように
優雅に辷り落ちていく

しかし雪の層はすぐに連動し
あっという間に
仲間を増やしつつ
規模が拡張されるや
その響きは耳元に
谷の深さを伝えて
余すところがない

谷底からは
濃い霧が
老獣のような狡猾《こうかい》さで
迫ってくる
生贄を弄《まさぐ》る果てしない欲求？

「怯むな！」という声が

どこからともなく耳に入る
恐怖を心の隅に閉じ込めながら
濃霧に向かって身を辷らせる
天蓋が鉅大にスライドする

そして次の瞬間

盲目の背中が感じ取る斜度と
視界に入るそれとの
微妙なバランスの中で
体を横様に一回転させ
腹這いとなって
ピッケルの刃先に
我が全体重を乗せ
両足を宙に跳ね上げる

ズ……ズ……ズ……！　と
身を引き摺りながらも
最初の位置から数メートル下で
ピッケルが我が身を
確保してくれた

気が付くと
履いているニッカーボッカの
腹のベルトのあたりから
臍《へそ》の方まで雪が入り込む
まるで思い切り
口に頬張ったように

それでも冷たさは感じない
火照った体に

安堵した心に

～二十歳の頃の雪山・雪上訓練の思い出に～

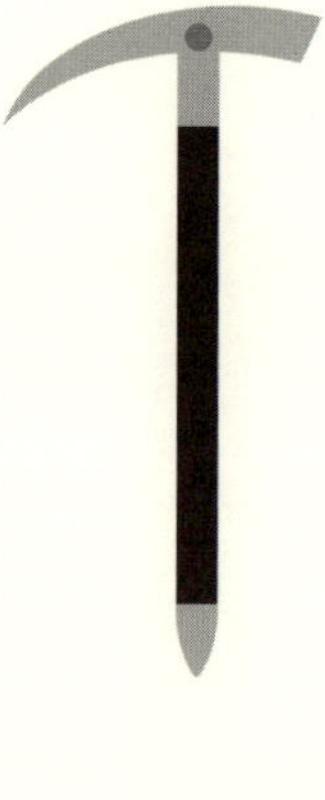

海の微風

初秋の海を
沖合から
渚に向かって
ゆっくりと
ジョギングを繰り返す
微風

その微風のような吐息が
僕の頬と心臓を震わせる
「何故……僕を……?」［Pourquoi m'aimerais-tu?］

昼月のような

曖昧な微笑が
彼女の顔に
浮かびまた消える

たゆたうような沈黙が
躊躇いがちな返事を
さらに遠くへと引き延ばす

それは優しさと
同時に倦怠感にも似た
不思議な落ち着きと
安らぎに僕を導く

「ずっとこのままで……!」［On reste ici……toujours……］

と、その面立ちが

海の微風のように
語りかけてくれる

しばらくして
微風が芳しい大気の中に
溶け込み
そして現れる
花の凪

芳香が僕たちを包み込む
まるで花々で飾られた
花舗の中にいるようだ

とりわけ
花々の香りに混じって
焚かれた香の匂いが

鼻をつく

そうかここは
花舗ではない！

それは花々で飾られた
青春の柩
それはとうの昔に
時の方舟と共に
埋葬されたものだ

花火

夏の盛りを
切り抜いたような
赫奕《かくやく》たる大輪が
秋の夜空に花蕊《かずい》を
迸らせる　幾たびも

夏の終焉を
華やかな諦念で
締めくくるように

　すでに
心の中に閉じ込められた

夏が
ひとときの慰めとなって
色彩の飛沫を
巨大な投網のように
放出させ
空の暗部を掠め取る

心の中の夏は
裁断されることのない
完全なセキュリティーによって
立ち入り禁止の
坪庭《パティオ》に保存され
施錠される

ホップ・ステップ
〜寂しい子供たちへ〜

寂しい時には
頬ふくらませ
ふぅーと
一息つけば
風船みたいに
空舞い上がる

寂しい時には
鏡の前で
ちらっと
ウインクすれば
光の輪となって

空駆けめぐる

寂しい時には
ぱちんと
指を鳴らせば
たちまちに
風呼び寄せて

青葉のステップ
波のステップ
雲のステップ

ホップ・ステップ！

夕日に染まる
雲の峰

眠たそうな
雲の峰
眠りたければ
いつでもおいで

ふんわりふわふわ
パラダイス
ホップ・ステップ！
夢の国へと
ゆあゆよーん

夢の国へと
ゆあゆよーん

鏡の中にあるごとく

鏡面と鏡面とが向き合う時
その明晰さ、誠実さ
そしてなによりも
その蠱惑的な透明感故に
やがて互いに惹かれ合う
瞳から発信された光の点と点が
瞳の代わりに光の芽と芽が
紺碧の空間へと
双蝶のように螺旋を描いていく

純粋な観念と憧憬《しょうけい》との二重螺旋が
瘴気を余所《よそ》に

自由を求めて翔び立つ

しかしそこは
どのみち
合わせ鏡の世界
互いの心を探り合う営みは
どこまで行っても
空虚な奥深さの中で
己の影法師を追いかけるだけ

観念の遠近法の中で
増殖される自身のコピー

菖蒲園のように
群生する一人称
遠近法が続く限り

果てしなく重なり合う
影法師

それでも倦むことなく
演じられる
自意識と自意識の
メタモルフォーゼ
それは畢竟《ひっきょう》「ユリアンの旅」［註］

［註］『ユリアンの旅』は、アンドレ・ジッドの小説の題名。「ユリアン」とは主人公の名前ですが、この名前の中に含まれる「リアン」はrien（リヤン）すなわち英語のnothing（何もない）を意味しているために、「ユリアンの」の部分のフランス語は掛詞のように読み替え可能で「無の」となり、全体のタイトルは「無への旅」とも読むことができます。

夕景

ヘリオスの
乗り捨てられた
馬車が
雲居の蔭に
紛れていく

路傍の水は
足早に通り過ぎる雲を
記憶しようとして
時折
光のシャッターを切る

やがて辺りは
黒猫の瞳の中に
吸い込まれるように
今日という日が
永遠の海馬に
蓄えられるだろう

秋の日の……

放置された
ヘッドフォンの中に
幽閉された音たちの
漏れくる
啜り泣き聞く
昼寝覚め

窓外では　それまで
頬杖をついていた
夕暮れが
「ギオロンのためいき」に
伴われて　ゆっくりと

弧を描きながら
降りてくる

熟しすぎた果実から
滴り落ちるような
柔らかな陽が
庭を淡い光の苔で覆い尽くす

室内に闖入する
隙間風が気になるのか
テーブルの上の
書類の紙の端が
猫の耳のように
時折ぴくぴく動く

ヘッドフォンは

相変わらず
啜り泣いている

一日中
付き合わされる
理由なき
季節性のスプリーン

エッセイ（随筆）

讃・モーツァルト
～ピアノ協奏曲ニ短調K・466を廻る随想～

I

私が初めてこのピアノ協奏曲を聴いたのは高校時代である。当時、音楽を聴く環境は今ほど恵まれておらず、高価なレコードを買うには高校生の貰うお小遣いなど高が知れていた為に、当時人気だったいわゆる「名曲喫茶」をしばしば訪れていたのだが、ある日コーヒーを飲んでいる私の耳が、そして私の身体が突然今までに聴いたことのない異様な響きに包まれたのだった。有り体に言えば、まさに雷に撃たれたような衝撃であった。

多分それまで耳にしてきた音楽という観念が、意識するしないにかかわらず予定調和のなかに完結することを前提にしていたからであろう。心地よい音楽の響きの中に音楽体験を重ねてきた音楽少年に、不意に襲いかかったものは強烈な「不安感」であった。それも

古典派として親しんできたモーツァルトの中に、これほどそれとはかけ離れた一面があるのかという驚き。

のっけから私を不安に陥れたものは、曲の出だしののたうちまわるような波のうねりであった。喩えて言えば、突然、暗い海の中に投げ込まれ方向感覚を欠如したまま泳ぎを止められない遭難者のそれである。

後になって、この不安を導いたものがニ短調主三和音のシンコペーションと、それに絡みつくような弦の三連音符と四連音符であることを知ったが、この震えるようなシンコペーションと不気味な三連音符と四連音符の組み合わせは、まるで暗いそして黒々とした波のうねりが防波堤を越えようとして果たせず、ぶつかっては引きぶつかっては砕け落ちる様を繰り返しているように思えたのだった。

ただ、この不安感はそれが増せば増すほど、今度は反比例するように強烈な魅力へと心理的な化学反応をひき起こしていったのだった。

私は、自身が多少のピアノの嗜みがあったので早速楽譜店に行き、この楽譜を手に入れると急いで自宅に戻り、ピアノの鍵盤に向かって最初のテーマを弾いてみた。

ニ短調（四分の四拍子）主三和音のシンコペーションに、ピアノの場合には左手で刻むことになる三連音符を絡ませたとたんに、当時、モーツァルトの脳裏を駆けめぐっていたであろう、ディオニュソス的な世界の一端にすでに触れたような気がし、今度は、夢中で独奏ピアノが最初に登場するアインガングの部分をなぞってみた。

拙いピアノでありながら繰り返し弾くうちに瞬く間にこのテーマの虜となり、そればかりか私の指先から、その後の音楽の歴史すなわちロマン派の消息が予感され、まるでロマン主義生成の現場にリアルタイムで立ち会っているような妄想にかられたのだった。

冷静に見れば、この独奏ピアノが最初に奏でる主題はアップダウンに富んでいる。ニ短調の音階の基点となる主音からいきなりオクターブ上に跳躍し、すぐに下降しながらも再びオクターブ上に跳ね上がり、また下降しながら今度はオクターブを飛び越え、再び急速に下降する。そして、それに続く経過句は、まるで何か厳しい論争に巻き込まれているような、そして、その決着がつかず、納得がいかないまま葛藤を続けるといったスリルと緊張感に満ちている。

この緊迫感を孕んだテーマはその後も転調を交えたヴァリアントとして第一楽章の中にしばしば登場し、いわば楽章全体の雰囲気を支配しているのだが、この決着のつかない論争とは、歴史的にみればもちろんロマン主義を導いた芸術家の自意識と、旧体制による個人の自由の束縛との間の対立と葛藤に他ならない。

しかし、これほど暗鬱な情緒不安定を生み出しているこの作品といえども、やはり十八世紀風エレガンスという優美な絨毯の上に織りなされた心理劇なのであり、それがこの作品の大きな魅力となっているはずである（因みに、この緊迫したテーマも展開部では一旦ハ長調に転調し、脱力感を与えてくれている）。

それは、一言でいえば「暗い優雅さ」とでも呼び得るものであり、解決不能の矛盾がしばしばアンビヴァレンツな美意識を生み出すという典型的な例であろうか。

当時、音楽少年であった私はこうした分析的な語彙はまだ持ち合わせてはいなかったのだが、それに類するある漠然としたイメージが常に脳裏に浮かんでいた。

それは、言うなれば、色白の美人が喪服を纏ったような印象であり、暗さの中でも失われることのない凛とした優雅さといったようなものである。こうした比喩が今日適切であるか否かは措くとして、例えば三島由紀夫風イロニーの顰みに倣うとすれば、やはり、「暗い優雅さ」という反語的な表現が似つかわしく、更にいえば、「真の優美さはいかなる不幸をも恐れない」とでも表現できるだろうか。

ベートーベンがこの曲を愛好しカデンツァまで残したことは周知のことであるが、しかし、ベートーベン的な世界と決定的に異なる点は、いかに闘争的な波乱を含みながらも全体的に優美な衣、ロココ風ギャラント・スタイルの羅《うすもの》に包まれている点である。

そして、こうした優美さとエレガンスをよく表しているのは、オーボエとファゴットに導かれながら、すぐさまフルートとヴァイオリンがそれに応えるといった形をとっている第二主題である。第一主題の緊迫したのっぴきならない性急さとは裏腹に抒情性に富んだいわばカンタービレであり、一時の安らぎを与えてくれている。それは殆どロマン派風「憧憬」と呼んでもよいほどである。

ただ、最初、管弦楽の前奏の中にほんの暫し現れるこの主題は、安らぎを期待させながらも、むしろ、救済の手を哀願するシグナルのような切なさを感じさせている。そして、第一ヴァイオリンと第二ヴァイオリンによるメランコリックな雰囲気の中でゆるやかに、まるで翼が軽やかにステップを踏みながら宙を舞い下りるかのように下降したかと思うと、次の瞬間スフォルツァンドと指示されたオーケストラの力強いユニゾンのシークエンスによって、あっという間に再びニ短調の憂愁に満ちた暗鬱な引き波にさらわれてしまう。

その後、この主題は独奏ピアノが導入部の旋律を弾いた後で管弦楽との自由でのびやかな、屈託のない対話として再び登場する。

先に述べたピアノのアップダウンに富んだ波乱含みの主題と対照的なこの主題（第二主題の後段）は、なんと可憐で優しい歌謡性に満ちていることか！　～同時に、

ヴァイオリンは水面下で対旋律を奏でている~それこそ何のわだかまりもない、一種、あどけなさを感じさせるほど明朗であり、波乱に富んだ厳しい現実を束の間忘れさせてしまっている。文学的に言えば、敢えて現実とは距離を置き、現実の過酷さを優雅さに逆転させてしまうイロニーとしての姿勢である。そのようにイローニッシュに感じられるのはその軽快なリズムにもある。モーツァルトの作品の中にしばしば顔を覗かせるあの無邪気な表情、まるで子供たちが歌ったり踊ったり、跳ね回るさまを連想させるような無垢な表情である。とりわけ、三度の和音の軽快な上下行は、さながら子供が階段を一つおきに駆け上がり、また、飛び跳ねながら下りてくる姿が、あるいは子供が子犬と一緒に駆け回るさまが目に浮かぶ。それは、さながら有名な歌曲「春への憧れ」の跳躍音程をも想起させている。

私は~多分、他のモーツァルティアンも同様であろうが~モーツァルトの音楽を聴いていて、それが更にある種の自然形象に酷似しているようなイメージを抱くことがよくある。例えば、ピアノの奏する装飾的なトリルが揚羽蝶のホバーリングであったり、短調から長調への転調が雲間から不意に漏れ来る穏やかな日差しであったり、また、軽快なリズムに乗るある種の音型が風に舞う粉雪のようであったり、例は枚挙にいとまがないほどである。

このへ長調の主題もそのようになぞらえるとしたら、いわば手毬のような紫陽花の花がいくつも揺れながら地面にさまざまな影を落としているような風情を覚えてしまう。
ひょっとすると、モーツァルトとは、超自然から生み出されたひとつの自然現象に他ならないのではないかという思いに時として囚われてしまう。そして、そのように感じられた時、決まって私の脳裏にはある小説の一節が浮かんでくる。それは同じ十八世紀のドイツの詩人、ノヴァーリスの小説『ザイスの弟子たち』の中で語られる神秘的な子供についての描写である。

「その子供は、明るく薄い藍色《スカイブルー》の地に大きな黒い瞳をしており、肌は百合の花のような耀きを帯び、黄昏時《たそがれ》ともなると、その巻毛は宛《さながら》明るいちぎれ雲と見紛うばかりであった。そしてその声は、私たちすべての者の心に沁み通るほどであった。」(拙訳)

このように語られる「子供」とは本当に存在しているのだろうか? とても実在しているとは思えない。何故なら、この「子供」を成り立たせているものは、「青空」「百合の花」そして「ちぎれ雲」という自然形象であり、目を離せば瞬く間に自然の中に溶け合い、消え失せてしまうからである。そして「声」の発する心地好さは、まさに自然の諧調《ハーモニー》と言えるだろう。モーツァルトの音楽も時としてそのように自然の移ろいの豊かさとして感じられる瞬間がある。

そして、この第二主題もそのように長閑さ、安らぎを与えながらも同時に儚い夢のようにそれが長続きすることはない。と言っても、もちろんこの場合の失われゆくものは、自然への回帰という幸福な在り方ではなく、まさにその正反対で、むしろ自然から切り離された人間的なあまりに人間的な苦悩に取り込まれ消失していくのである。

従って、この天真爛漫な主題も次の再現部に登場する時には全く相貌を異にしてしまう。同じ旋律に短調（ニ短調）のヴェールが被せられているからである。安らぎの世界は、いわば、過ぎ去りゆく一つの比喩に過ぎないものとなる。それは、まるで子供が大人へと移り変わる中で現実の厳しさを知り、悲哀のなかに成長した姿のようである。

こうして第一楽章は、最後の内面の吐露・心情の披瀝としてのカデンツァで締めくくられる。

モーツァルト自身がカデンツァを残していないこともよく知られた事実である。彼自身がこの曲に手向けた内面の吐露とはいかなるものであったかは想像するしかない。得意の即興演奏で鏤められた音符の数々は、十八世紀ウイーンの風に乗って枯葉散華のように歴史の泡沫《うたかた》となるばかりである。

Ⅱ

第二楽章の冒頭、独奏ピアノが変ロ長調の第一主題をたゆたうように弾き始めると、まるで中・小の優しい波の戯れを感じながら、穏やかな渚に沿ってゆっくりと歩いているような気分に包み込まれる。それも殆ど天上の渚といった優美な趣である。天上の渚ならさこそありなんといったなんともファンタスティックな雰囲気に満ちている。

この天上の渚から響いてくるあえかな音の戯れに耳を奪われているうちに、それが次第にはっきりとした、ある歌声に変容していくという聴覚の迷走に身を任せてみたくなる。

それは、具体的にいえば、モーツァルトの数あるオペラの中でもとりわけ「ドン・ジョヴァンニ」の主人公の歌声である。ケッヘル番号は離れているものの、この傑作オペラの調性がやはり同じニ短調であるという事実が、この種の連想を誘ったものと言えないこともない。しかし、この主題のもつ優しげで甘美な、そして誘惑的な旋律はまさにドン・ジョヴァンニが女性を誘惑しようとする際の、とっておきの歌声と言

Ⅱ

えないだろうか。

それもこのオペラの第二幕でドン・ジョヴァンニが村娘のツェルリーナを誘うあの有名な「手に手を取って」（「ラ・チ・ダレーム・ラ・マーノ」）の場面を彷彿させる。とりわけ、ピアノが弾く第一主題の前半と、オーケストラに一旦引き継がれた後再びピアノが独奏に入る後半部分とが、まるで男女の恋の駆け引きのような微妙な掛け合いとなっている。ツェルリーナに誘いをかける始まりの主題と、それに呼応する後半部分（十七小節〜二十小節）。何度も登場するこの繰り返しが第二楽章全体の雰囲気を決定している。ドン・ジョヴァンニが執拗にツェルリーナを誘おうとする口説きのテクニックに対するツェルリーナのためらい。上行する音型と下行する音型との繰り返しが、ツェルリーナの素直な心情をあますところなく語っている。この上下行を繰り返す音型はまさに「ヴォレイ・エ・ノン・ヴォレイ」（「随《つ》いていこうか、やはり止めておこうか」）というあのためらいがちなせりふをなぞっているように思われる。

そうこうしているうちに、それに続いて現れる第二主題（四十小節目から）は、それまでとはまた少し趣を異にしているように見える。同じような歌謡性を帯びながらも、このゆったりとした旋律には、どちらの側にも属さないある

客観的なメッセージ性が含まれているようでさえある。バラード風とも思えるこの音楽の流れを辿っていると、抒情性の中にある種の叙事性が垣間見られるのだが、では何を訴えているのだろうか？

オペラとの関連にこだわるなら、逡巡するツェルリーナに対して、軽はずみな行動に走らないようにという諫言《かんげん》、すなわち忠告の声だろうか。オペラの件《くだん》の場面では、ドン・ジョヴァンニに随いていこうとするツェルリーナに対して、エルヴィーラがかつて関係を持ちながら棄てられる運命に導いたドン・ジョヴァンニの正体を明かし、随き従ってはならないと戒めるのだが、オペラのこの場面のもつアリアやレチタティーヴォのような激しさはないものの、むしろ逆にこの第二主題は、かつてひどい仕打ちを受けた女性たちの静かに切々と訴えかける心情の率直な吐露が窺える。この第二主題の理念に沿って展開されていく類似した音型のゆるやかな流れ、そして温雅な語り口は聴く者に説得力をもって響いてくる。

しかし、このバラードが再び第一主題に移行し、それが短く静かに終わると、二つの休止符を挟んで突如雷鳴のような短調の中間部が始まり、この楽章を真っ二つに切り裂く。言うまでもなく、モーツァルトの「ト短調」である。有名な小ト短調シンフォニーについてしばしば形容される「疾風怒濤」（Sturm und Drang）という言葉はここでは差し控え

るが、もちろん、同等の、いやそれ以上の心理的衝撃波であることに変わりはない。

ここでは、ト短調の主三和音を構成するそれぞれの音が十六分休符を絡めながらの三連音の連鎖のなかに、いわば組子細工のように組み込まれているために一層不安定で性急感が醸し出されている。それは疾風怒濤というよりは殆ど悪魔的であり、エロス（性愛）とタナトス（死）との極限の鬩《せめ》ぎ合いといった様相を呈している。

エロスとは、ドン・ジョヴァンニの女性遍歴のなかでも一際耳目を惹くドンナ・アンナへの暴行未遂《レイプ》（？）であり、タナトスとは、それに伴って生じた騎士長殺害を意味する。およそモーツァルトのオペラの中で殺人が行われる例はこの一作だけであり、それだけにこの殺人行為の凄惨さと、それに比例するエロスの業《ごう》（カルマ）の深さとが、このト短調の中間部に収斂されていると言ったら言い過ぎになるだろうか。

人間存在の究極の部分が常に説明不能のアポリアであるとすれば、ここでの音の配列もそれに相応しいほどデモーニシュである。右手で弾かれるト短調の主三和音が休符を絡めた三連音の中に分解され、左手によるトニカの分散和音と相俟って、それらがチェーンのように連なっていく音型を見ていると、それがいわば悲歎の連鎖のように見えてくる。これもまたトリステス・アラントであろうか。「アラント」（歩く）というよりは、むしろここでは「トリステス・クラント」（疾駆する悲しみ）と表現した方が適切ではないかと思

えてくる。
この悲歎のチェーン、いわば悲歎のネックレス、デーモンの影に染め上げられたネックレスは、辱めを受け、そればかりか父親を無惨に殺されたドンナ・アンナの襟元にこそ相応しいという想像に囚われるが、しかし、それはもっと普遍化された悲歎のモニュメントと考えるべきだろう。

こうして、中間部を嵐のように駆け抜けていったトラジェディックな出来事の後、再び主要テーマのなにくわぬ顔をしたエロスの囁きが谺のように繰り返されるが、それも次第に収束に向かっていく。そして、事の成り行きを見守っていたかのように終結部では、揺湯《たゆた》うような羽搏《はばたき》を見せる十度や八度の音程の飛躍がしばし繰り返される。これはすでに第二主題の中に内包されていたものであり、温雅な発展形としてしばしば顔を覗かせていたものでもある。この羽搏《はばた》くようなゆったりとした旋律（音型）を、私は勝手に「天使の飛翔」と呼ぶことにしている。この天使の澄明な後ろ姿があえかな雲間に紛れ、薄れ、そして消えていくように楽章が閉じられる。

Ⅲ

第三楽章に入るとそれまでの（第一楽章～第二楽章の）緊張感と起伏に富んだ音の流れが、思いがけなくもあっけなく終わりを告げてしまう。

突き詰めてみればこの作品の本然の姿が見られるのは、この第三楽章の最初の十四小節までである。ディオニュソスに導かれたロマネスクで暗鬱な嵐と夢想の織りなす心理劇は、本質的にはこの楽章の冒頭ですでに幕が閉じられる。さらに極言すれば、ニ短調で綴られたこの作品の世界観はこの楽章の第一主題に凝縮されており、私などにはこの主題の部分だけでも十分である。

代わって登場するのはそれまでとは正反対の日常的な、人々の明るいさざめきである。ニ長調の終結部に向かって収斂される響きは、凡庸な日常のなかに生きる市井の人々のありのままの姿（情景）にほかならない。

このピアノ協奏曲としばしば平行して語られることの多いもう一つの短調で書かれたピアノ協奏曲第二十四番・ハ短調K．４９１は、現実との妥協点すなわち日常への回帰の道を遂に見出すことのできなかった点では、ニ短調の作品と似通ってはいるもののまさに一

層悲劇的である。妥協の道から完全な諦念へ向かう精神のありようは痛々しいほどである。この作品を「未亡人の肖像画」と評した人がいるが、二度と取り戻すことのできない過去、二度と恢復することのない悲哀ということなのだろうか。そもそもこの「未亡人」自身がすでに鬼籍に入った人かもしれないという想像も成り立つかもしれない。

それと比べればニ短調の協奏曲は、同調圧力ともいうべきニ長調への妥協を感じさせながらも、むしろ日常性への回帰が許されるほどまだアポロン的な活力が温存されていると言うべきなのだろう。

ニ短調からニ長調への転換といえば、件のオペラ『ドン・ジョヴァンニ』も同様の推移を見せており、ドン・ジョヴァンニの地獄落ちの後、このオペラを締めくくるフィナーレはニ長調へと転調されている。しかし、ピアノ協奏曲のフィナーレのニ長調とオペラの方のそれとでは何と趣を異にしていることだろう。ピアノ協奏曲の社交的な明るさに比べてオペラのフィナーレはずっと複雑で異質な表情を呈している。それは、いわば独裁者に翻弄された人たちの安堵感にペーソスが混ざり合った、何とも言えない情感が醸し出されているからである。

今日、最もよく演奏されるカデンツァといえば、やはりベートーベンの作曲したものに軍配が上がるだろう。いきなりトリルから始まり第一楽章を彩る主題が様々なヴァリエーションとなって、モザイクのように組み合わさっていく構成はなんといっても聴き応えがある。それにしても冒頭いきなり始まるトリルにはいささか唐突な感じを受けるのだが、これが装飾的なトリルでないことは一目瞭然である。むしろそれはなにか警告音《アラーム》のような響きを含んでおり、何かを保留しているに過ぎないという不安の予兆である。喩えて言えば、堤防が決壊する直前の切羽詰まったような雰囲気であり、トリルが鳴り止めば直ちに洪水に襲われるかのような緊迫感を連想させる。カデンツァの最後の辺りで弾かれる両手トリルは最初のものより強烈であり、それに絡みつく左手の連音符も息せき切ってアクセルを立て続けに踏み込んでいくような、まるで何かを煽り立てているような印象を受ける。一言で言えば、もちろんベートーベン的という他はないが、こうした心理的なダイナミズ

ムのなかにあっても時折立ち止まる際の静寂感・沈思黙考すら何かの前触れのような緊迫感を孕み、それが突然破られると音階風パッセージが一気呵成に上下行し吹き荒れるさまは、ミステリアスでドラマタイズされたベートーベン特有の世界の出現となっている。これほど短い時間軸の中でも、強烈なメッセージ性とストーリー性によって築かれた堅固な建造物を見る思いである。

私がこの曲を初めて聴いた高校時代、前に述べた「名曲喫茶」でかけられた演奏は、ワルター・ギーゼキングのピアノ、ハンス・ロスバウト指揮のフィルハーモニア管弦楽団によるものであったが、このなかで弾かれたものもベートーベンのそれであった。その後もこのカデンツァには馴染んでいたのだが、しかし、ある時、クララ・ハスキルの弾く自作のカデンツァに遭遇し、一遍でその魅力の虜になってしまった。

ギーゼキングのいわゆる新即物主義（ノイエ・ザッハリッヒカイト）と言われる演奏スタイルのいわば擬似的客観主義とでも呼ぶべき傾向に、いささか疑問を抱き始めていた頃だったために、なおさらそれとは正反対とも思えるハスキルの演奏の情緒的且つ内面的にモーツァルトの作品の深部に、どこまでも丁寧に寄り添っていこうとする演奏スタイルに一も二もなく共感を覚え、また、新鮮さを感じざるをえなかった。

ハスキルの演奏（録音）は、古いところでは一九五七年九月にモントルーで収録された音盤があるが、これは作曲家のパウル・ヒンデミットの指揮による大変珍しいものである。しかし、これは、指揮者・ヒンデミットの設定した極端に遅いテンポのために私自身はあまり馴染めないものとなっている。喩えて言うなら、まるでスピードを落としてのろのろと走る夜汽車のようである。ひょっとすると、ハスキルの体調を気遣ってのことかという余計な推測を働かせたくもなる。もちろん、ヒンデミット自身が全体をカンタービレのようにゆったりと歌い上げたかったのだろう。

ここでのカデンツァは、ベートーベンのような苛烈さはなく、むしろ、出だしはオーケストラの前奏の最後の部分を引用するところから始めているためか、哀切な歌われ方をしており派手なパフォーマンスは全く窺い知れない。多用されるトリルもベートーベンのそれとは全く意味合いを異にしており、句読点のようだ。句読点によってその都度総括しているようでもあり、つまりそれだけ内省的ということだろうか。

この演奏の一年前、一九五六年一月の「モーツァルト週間」では、若き日のヘルベルト・フォン・カラヤン指揮するフィルハーモニア管弦楽団と共演している。若きカラヤンの潑剌とした指揮ぶりに比べるとハスキルは些か神経質になっているように聞こえる。ここで披露された第一楽章のカデンツァは、ヒンデミットと共演した時のものとは大分異なっており、右手トリルに平行しながらピアノのアインガングの主題から始めてトリル、そして多用される連音符がしばしばそのモチーフに揺らぎを与えている。それはハスキル自身の心の揺らぎのように、そして内面が漣立っているように、一点に同定できずにいる不安な感情を見事に表現している。続いて第二主題を可憐にまた哀切にパラフレーズし、オーケストラによってそれまでしばしば奏されたニ短調のユニゾンのシークエンスを徐々になぞりながら終結部に入り、感情の昂りを上行するパッセージに乗せ、その頂点でオーケストラに引き渡している。このどこまでも上行し続けるようなパッセージはとてもドラマティックだが、しかしベートーベンのそれとは違ってあくまでもモーツァルトの内面の葛藤に寄り添う精神の劇に他ならないのである。従って、全体的には、やはりモーツァルトの気持ちに寄り添うべく感情を込めながらどこまでも内面化された、しかも気品のある演奏となっているのはさすがである。

その後、一九六〇年十一月にパリでイーゴル・マルケヴィッチの指揮するコンセール・ラムルー管弦楽団との共演でもこの同じ自作のカデンツァが使われている。この音盤はモーツァルトのもう一つの短調で書かれたピアノ協奏曲ハ短調K．４９１とカップリングされたレコード（当時）であり、ハスキルは、同年の十二月にベルギーのブリュッセルで亡くなっている。

ここでも前述したような極めて内面的な演奏が展開されているが、それは、カデンツァのみならず第一楽章全体を通して一層の充実ぶりを示している。随所に感じられる情緒的な深まりさえも成熟の（むしろ円熟の）証明と言えるだろう。

私にとってとりわけ興味深いのは、例えば、展開部から再現部に移行する直前の一小節の扱い方である。わずかたった一つの短い小節、すなわち左手オクターブを伴い半音階的に進行する五つの八分音符の連なりに込めた演奏者の思いは、再現部への橋渡しというよりも、まるで心の導火線に着火したかのようなパッションと、それでいて感情は完全にコントロールされているといった見事なバランス感覚によって、鬼気迫るものを感じさせるのだ。

因みに、この一小節は演奏家によって扱い（弾き方）は千差万別である。

ハスキルのパッションはこの小節に指示されているｆ記号をかなり強めにまた、速めに弾くことで情熱的な演奏を引き出しているのだが、これとは全く対極的な弾き方をしているのはゲザ・アンダである。彼は何とｆ（フォルテ）の指示を無視してｐ（ピアノ）で弾いているのである。何故これほど感情を押し殺してしまうのか、不可解なのだが、この小節の更に直前の小節に指示されたｐ記号をそのまま次へと持ち越してしまう演奏にはいささか驚きを禁じ得なかった。いわばベートーベン的な闘争心は微塵も感じられず、良く言えばエレガントなのだが、やはり弱々しさを感じてしまう演奏である。他の演奏家たちはたいていこの両極の狭間でそれぞれ趣向を凝らした演奏を披露している。例えば、最初p（ピアノ）で始めて中ほどをf（フォルテ）にし、またp（ピアノ）で締めくくるといった、まるで太鼓橋のような膨らみをもたせるような中庸をわきまえた（?）演奏など実に様々であるが、いずれにしても、このたかが一小節が、私にとっては各演奏家の心理が一瞬垣間見られる小さな覗き窓のような趣を呈しているのである。

様々なる意匠
～フィジカル・デザインとしての～

様々なスポーツシーンの中で時折強く目を奪われ、思わず「おやっ？」と立ち止まらされる瞬間がある。それは、アスリートたちの一連の動きの中で際だって目を引く所作であり、その瞬間のみを切り取れば一つの「型」もしくは「型の美しさ」と呼び得るものである。

「型」といえばもちろんスポーツだけでなく、芸術・芸能の世界を先ず思い浮かべる人も多いことだろう。歌舞伎や能、人形浄瑠璃また舞踊の世界ではこの「型」がなければ、そのものが成立し得ない。それぞれの演技を成り立たせている「型」のもつ奥深さは本来演技者にしか分からないはずだが、そのなかでとりわけ役柄の感情が頂点に達した時に見せる際だったポーズは「見得」として我々観客の目を奪うことになる（もちろん「見得」以外にも細かい・目立たない所作にも目配りをするのはいわゆる「通」と呼ばれる人たちであるが）。

しかし、スポーツの場合はこのような「見得」のもつ過剰な意識性というものは見当たらない。もちろん各種スポーツにもそれぞれの種目を成り立たせている特有の「型」があることは事実だが、それはその種目を成り立たせているいわば技術的な側面であり、「見得」のようにそこで時間があるいは見る者の意識が止まってしまうことはない。「型」（それに付随する、またはそれに近い所作も含めて）の存在が両者に共通のものでありながらとりわけ舞台上の「型」に意識性を感ずるとしたらそれはそのものの、すなわち演劇空間を成り立たせているドラマトゥルギーの「自意識」の為せる業である。

例えば、人形浄瑠璃で若い女性を演ずる人形が、片方の腕を宙に突き上げ、身を捩って上半身のみをこちらに向けて静止したり、後ろを向いたまま両の腕すなわち両袖を左右対称に広げ、さながら蝶が羽を広げたような姿勢で静止する後ろ姿のポーズ、また歌舞伎役者が手拭いの中央を口に咥え、左右を対称に翼を広げたように静止するポーズは大変美しいが、それらは自意識過剰と言って悪ければ、演劇的なフィクション性から生み出されたデフォルメ感覚による「型」と言えるだろう。

それに比べれば同じ伝統文化を担っている大相撲の力士が四股を踏む際に、片足を宙に跳ね上げて、まるで扇を縦に広げたような一八〇度開脚の姿勢をとった左右対称性は自然な動作であり、一瞬の美しさを湛えながらもそこに自意識を感じさせる余地は全くない。それを審美的に受容するのは見る者の主観であり、それをもし「美しい型」として捉えるとしたら、それはむしろこちらの自意識（美意識）の為せる業である。その背後にあるものは足腰の鍛錬に託された、このスポーツの本質への実直な認識の結果がもたらす美しさである。また、同じく、力士の馴染みの所作である塵手水も、両者正々堂々を対称的所作の内に約束する礼式として倫理性すら付与されたものである。

本来、左右対称性を帯びた「型」の例は枚挙にいとまがないほどだが、この左右対称性とは人間の考え出した「型」のなかで最もシンプルで分かりやすいフォルムである故に、時としてステレオタイプに陥りやすいとも言えるが、それが決まった瞬間はやはり美しいと思う。

スポーツシーンの中にも対称性によって作り出された様々な「型」が見られるが、スポーツの中では特殊とも思えるジャンルに属するフィギュアスケートの、とりわけペアスケーティングやアイスダンスにおいてユニゾンやトゥイドゥル（ツイズル）といった、男女によるシンクロナイズされた左右対称性も美しいテクニカルなシークエンスである。

細かい部分にこだわるようだが、同じフィギュアのシングルスケーティングにおける、ほぼ六種類のジャンプのなかで、とりわけ私の目を引くものにサルコウがある。およそジャンプというものは氷を踏み切った後の空中での回転の成否に一般の注意が注がれるのが常だが、これは私自身の嗜好にすぎないものかもしれないが、私の場合はサルコウを跳ぶ際の、スケーターが氷を踏み切る瞬間の独特な形に最大限の注意が向けられてしまう。それは跳ぶ瞬間にスケーターの両脚がカタカナの「ハ」の字の形、すなわち左右の脚が一瞬対称性を形作るからなのだ。まるで高級乗用車がスピードを上げた瞬間にタイヤが「ハ」の字になり更なる加速を担保するかのように。他の種類のジャンプの踏み切りはおしなべて軸足とフリー・レッグとが別々の動きをするのだが、それに比べるとサルコウの踏み切る形は独特であり、対称の妙を感じてしまう。特にアクセルを跳ぶ際のいささか勢《きお》った感じで「さあ、跳ぶぞっ！」と言わんばかりの前向きの姿勢や、ルッツを跳ぶ直前の後ろ向きのまま少し片足を上げながらのゆるやかな助走などと比べると対照的である。いわば鋏の刃が「ハ」の字に開き、前後の軌道を裁断し修正するかのような一瞬の安定感を感じてしまう。

その他、バレエ・ジャンプが空中で見せる一瞬の一八〇度に近い左右開脚、ビールマンスピンの上下一八〇度の開脚、さらに言えばイナバウアーの曲線すなわち仰向けに背中を最大限折り曲げ腹部を頂点として描かれる曲線も、上半身と下半身をつかっての左右対称へと可能な限り近づけようとする試みと言ってよいだろう。

対称性が人間の肉体や精神の容易に達成できない理想型の追求であるのと同様に、恐らくスピンも現実には到達できない理念型に可能な限り近づこうとする試みといえないだろうか。いわば渦巻き文様の象徴性に似たムーブメントである。

例えば、レイバックスピンは、まるで花の開花を渦巻きの中に閉じ込めその永続性を希求しているように見える。さながらウィリアム・モリスの植物文様を思わせる。キャメルスピンもシットスピンも、また、スプレット・イーグルもそのコンセプトは同じだろう。所作の形こそ違え一つの「型」が円を永続的に描くことによって移ろい易い存在を恒常性へと変換しようとするのである。

対称性とは、我々の心身が無意識のうちに求める（審美的な）バランス感覚であり、それを享受する側としてはそこに美の典型（絶対性）を認めないわけにはいかないのだが、ところで、そのような受容の仕方から一歩退き、自己を社会化し社会的な視点から眺めた時、それをしも審美的美しさというレベルでのみ捉えられるだろうか？

私自身この「型」の美しさに魅せられ堪能しながらも、マクロな社会的視点から見ればそれも一般的な美意識の一要素に過ぎず、現実には我々はもっと複雑な価値意識（同時に美意識）と向き合っているのではないかという疑念に駆られるのである。

美意識としての左右対称性が、例えば、すでにピカソのキュービスムによって破壊され否定されたように、それは、社会的にも非対称性の復権としての社会的マイノリティーの価値意識などと対峙され始めたからである。社会的マジョリティー（いわゆる「普通の人間」）と社会的マイノリティー（LGBTも含めて）の関係は、スポーツの世界で近年普通に呼び慣わされている「オリ・パラ」という言葉にも象徴的に言い表されている。すなわち、「オリンピック」が十全なる肉体性の謳歌であるとすれば、「パラリンピック」はハンディキャップをもった肉体による十全なる心身の発揚という左右非対称性への洞察によって、新しい価値基準を再構築する契機となっているからである。

フィジカル面でのハンディキャップとそれを補完するスピリチュアルな豊かさによる新しい対称性の表現。喩えて言えば月が満ち欠けを経てフルムーンに到達するように。

それは、アンバランスを認め、対称でなくともよしとする人間的自由すなわち一人一人が違っていてよいとする価値観であり、真の人間的自由への扉を開こうとする理念である。それによって美の典型としての対称性も相対化され～その対極に押しやられていた～非対称性をも包含した新しい高次の対称性を導くことになるはずである。

【因みに、同様の視点から「オリンピック」を考えた場合、開催国が常に「富める国」という前提に立つ限り、それは本来あるべき対称性ではなく、克服すべき非対称性（グローバル格差という不公平性および矛盾）となっているように思える。この矛盾の解消なくしては、「スポーツの祭典」も巨大資本の競演の狭間でスポーツのもつ純粋性は失われ、大会そのものは益々イリュージョン化されていくだろう。—今日、この「大会」は自意識過剰の「大見得」に他ならず、私の目にはすでに「死に体」と化しているように映る。とりわけ大会組織委員会の一部関係者による贈収賄疑惑などが絡む実態は、スポーツマンシップやオリンピック憲章とは裏腹の堕落した人間精神の織り成す醜悪なる意匠と言うべきだろう。—】

永遠不滅のサブマリン
～杉浦忠氏へのオマージュ～

先日、自宅の大掃除をしていて古いボール箱からこれまたかなり古ぼけた二枚の写真が出てきた。年代は昭和三十三、四年の頃のものと思われるが、いずれも当時活躍していたプロ野球のスター選手のものである。一枚は南海ホークス（当時）のエース・杉浦忠、もう一枚は西鉄ライオンズ（当時）のエース・稲尾和久。前者は、私服でにこやかな顔をしている姿、後者は、巨人との日本シリーズで自らサヨナラホームランを放ち、三原修監督とチームメートに迎えられホームインする姿である。記憶を辿ると、当時、熱狂的な野球ファンであった私が、ベースボール・マガジン社に手紙を送って購入ないしは譲ってもらったものらしい。

私の初めての野球観戦は四歳頃、父に連れられて後楽園球場でどこぞのチームの試合を見た記憶があるのだがどのチームだったのか定かではない。ただ、試合前、目の前でキャッチボールをしている選手を見て、父が「あれが大下（弘）だ」と言っていた言葉を憶えているので、多分セネタースあたりとどこかの試合だったのだろう。当時の日本を代表するこのホームランバッターの大下弘が後に西鉄に移籍し、世に名立たる強力打線を組んでから西鉄の黄金時代が始まるのだ。その頃には私はすでに小学校の高学年になっていた。当時も今も御多分に漏れず、野球は巨人という日本の風土にあって西鉄の快進撃は目覚ましく、また、大下へのシンパシーも手伝って私はいつしか西鉄ファンを自認するようになっていた。

今日のようにテレビはまだ一般家庭には普及しておらず、ラジオによる試合中継しかなかったが、この頃の日本プロ野球界の最高のカードは、言うまでもなく西鉄ライオンズ(現・埼玉西武ライオンズ)・南海ホークス(現・福岡ソフトバンクホークス)戦である。そう言ってはなんだが、巨人・阪神戦などは、いわゆる「伝統の」というお定まりの形容詞が仰々しく付くだけで、比較をすれば格下という印象は否めない。勿論、巨人、阪神に限らず、セ・リーグにも個々には良い選手はいたのだが、投手に関して言えば、国鉄スワローズ(現・東京ヤクルト・スワローズ)の金田正一を除いて、稲尾、杉浦ほどのスーパースターは、セ・リーグには見当たらなかった。言い換えれば、西鉄・南海戦の面白さは、ひとえに、この稲尾・杉浦の投げ合いに尽きる。現在のプロ野球でこれほどスリリングな投手戦はもはや望むべくもない(両者が共に達成した巨人との日本シリーズでの四連投・四連勝の離れ業については、今は措く)。両者の投げ合いに始まる試合は、互いにプロ野球史に残る強力打線を擁しながら、とにかく一点を取るのが至難の業なのであった。膠着状態と言ってしまえば簡単だが、まるで0対0が永遠に続くのではないかという錯覚に陥るほど、一点が遠い彼方へとイニング毎に押しやられていくさまには、気が遠くなるような果てしなさを覚えたものだった。私は稲尾の一挙手一投足が勝利を呼び込む緻密な計算式で成り立っているかのようなイメージを膨らませながら、全身を耳にしてアナウンサーの声を細大漏らさず聴き逃すまいとした。しかし試合が進むにつれて、杉浦の投球は稲尾のそれを上回っているのではという不安を時折覚えることがあった。贔屓《ひいき》チームを勝たせたいという強い思い入れが、却ってわずかな蹉跌をも不安に変えてしまうというファン心理が働いたものであったのかもしれない。私の記憶の中では杉浦の投球は、投球術というよりも球の威力そのものに凄みがあったのではないかという思いに駆られる。稲尾も勿論球の威力は素晴らしかったが、それ以上に「針の穴をも通す」と言われた制球力と、加えて、ウィニングショットを導くまでの緻密な配球が計算式を彷彿とさせていたのだった。それでも、中継を聴きながら私を少しずつ不安に駆り立てていったものは、この「凄み」が徐々に私の勝利への期待を侵し始めたからに他ならない。当時自他共に強者《つわもの》と呼ばれた西鉄の各打者を、まさに「飛べない沈黙」の連鎖の中に追い立てていき、どこまでも乱れることのない杉浦の姿、いや、イメージに子供心に不安と苛立ちが募り、この内なる苛立ちとの戦いがまた延々と続くのである。

当時、他の多くの家がそうであったように、私の家のラジオも座敷のタンスの上に置かれていたが、普段、座って聴くことを常としていた私がこの時ばかりは座して勝利を、という気にはなれずタンスの前に突っ立ったまま、しかもご丁寧に、偶々《たまたま》タンスの抽斗の取手に指先を掛けたときに珍しくヒットが出たりすると、暫くはその姿勢を崩さないでいるというようなゲン担ぎまでする始末であった。

傍から見れば滑稽にしか見えない、この種のゲン担ぎを様々に工夫して試合終了までやり続けない限り勝利はおぼつかないとさえ思いつめたものだったが、それもこれも結局は杉浦の凄さに対して、私自身の心の平衡を辛うじて保とうとする健気な試みに他ならなかった。

敵としてみれば、杉浦は事ほど左様に、誠に「むかつく」ピッチャーの代名詞であったのである。多分ラジオという媒体がそのようなイメージを一層増幅していたのだろう。一旦嫌いになった見えざる対象を、あっという間に不倶戴天の敵としてしまうのもこの媒体の特性か。

ところが、ある日、父が懇意にしている電気店の親爺さんから西鉄・南海戦をテレビ中継しているので見に来ないかという誘いがあり、忙しい父を家に残して私一人心弾む思いで出掛けていった。いうまでもなく私はこの時初めて映像を通して杉浦の姿を目の当たりにしたのだが、その瞬間、それまで抱いていた杉浦へのネガティヴなイメージは完全に覆されてしまった。初めて見る「憎き《にっく》（？）杉浦」とは、なんと美しい投手であったことか！見た瞬間魅了されたのは、何といってもその流麗な投球フォームである。アンダースローのピッチャーであることは承知していたが、これほど美しいフォームがこの世にあろうとは！　この美しさを言葉で表現することには大変な困難を覚えざるを得ないのだが、譬えて言えば、マウンド上で美しい揚羽蝶が羽を広げたりすぼめたりしているとでも形容できるだろう。本来、男性的で力感溢れるオーバースローに比べると、アンダースローはたおやかで優雅な印象を与えるが、杉浦は恐らくその極致といってよい。ワインドアップモーションに入ってから地面を離れた左足が一旦三塁方向に伸び、再び畳まれながら前方へ着地するまでの足の運びのしなやかさと、テイクバックをした右腕が後方へ伸びきった状態から、今度は打者の方に向かって地を這っていくフォロースルーの瞬間は、さながら、揚羽蝶が地を這いながらそのフィニッシュに於いて飛翔していくようなイメージとして捉えることができる。

これほど優雅な投球フォームから繰り出される球が、なぜあれほどまでに打つことが困難なのか？　かつて、野球評論家の佐々木信也氏が杉浦について、「アンダースローであれほど球の速いピッチャーは見たことがない」と語っていたが、一旦手を離れたボールがそれまでの優雅な動作とは裏腹な凄さをもっていたために、打者はすっかり幻惑されてしまうということは納得できる。

対戦した打者に言わせると、「ホップする速球に加えて、その半分もない緩いカーブ、それに膝元を抉る鋭いシュートがあるのですっかり翻弄されてしまう」のだそうである。当時は、スピードガンなどなかったが、今風に言えば、恐らく球速１５０キロ超の浮き上がるストレートというような感触を打者は抱いたのではないだろうか。

また、この頃、時折アメリカ大リーグ（今日では、メジャーリーグと言うのが普通だが）のチームが来日し、日本のプロ野球のスター選手で構成された全日本チームと対戦する日米親善野球が開催された。しかし、結果はいつも惨憺たるもので、相手は単独チームであるのに、全日本チームは完膚なきまでにねじ伏せられ、圧倒的な力の差を見せつけられるのが常であった。

ただ、杉浦が登板して日本が珍しく勝利を収めた時、試合直後の記者会見で、大リーグの監督が「彼（杉浦）なら大リーグに来ても面白いかもしれない」と語ったという記事をスポーツ新聞で目にした。その時はさすがに溜飲を下げる思いがしたことを今でも鮮明に記憶している。

それはともかくとして、投球フォームに話を戻すと、この流麗さは、動く美術品とでも形容したくなる。その後もアンダースローの投手は何人も見たが、これほどの美意識をこちらに感じさせてくれる投手にはお目にかかったためしがない。ほぼ同時代に活躍した大洋ホエールズ（現・横浜ＤｅＮＡベイスターズ）の秋山登も優れたアンダースローの投手だったが、フォーム自体には大した魅力はなかった（当時、私自身は、秋山の本拠地・川崎球場に足繁く通った思い出がある）。杉浦以降で、フォームの美しさを感じさせてくれたのは、阪急ブレーブス（現・オリックス・バファローズ）の山田久志くらいだろうか。山田久志の場合は、バックネット裏から正対する形で眺めた時にはさほど感じないのだが、センターバックスクリーン方向から望遠レンズで捉えた姿はとても美しい。振り被って始動する際に、一旦上体が上に浮き上がり、そのまま地面に向かって沈みこむのだが、この二段変則モーションが正面からよりも真後ろからのほうがよく捉えられるからである。ただし、これは「美しい」というよりも「かっこいい」という表現のほうが相応しいかもしれない。ついでながら、オーバースローの投手で少なからず私の目を引いたのは、四百勝投手の金田正一のフォーム、とりわけセットポジションである。投球動作のごく一部に過ぎないセットポジションなどにあまり注意を払う人はいないだろうが、金田の場合は別である。セットに入る時には、持ち上げた両腕を単に体の前部で静止させるに過ぎないのだが、金田にはそこに至るまでのイントロダクションとも言える独特の仕草があった。つまり、先ず両腕を天へ突き出すように大きく伸ばしながら今度は両肘を畳み、ボールを持った左手（彼はサウスポーである）とグラブを嵌めた右手を首の真後ろで重ねるようにしながら、また同じ軌道を通して、ということは、後頭部から頭頂部を潜らせてゆっくり腹部まで下ろしてくるのである。いささかまわりくどい説明だが、もちろんこの動作はゆるやかながら、ほぼ一瞬にして行われる。長身の金田が行うこの大振りの動作はマウンドの高さと相俟って威圧的ではあったが、同時に役者のような派手やかさをも感じさせていた。あたかも、打者も走者もこの一連の動作の華やかさの中に包み込まれてしまうかのように。こうした華やかなる挑発を他のものに譬えるなら歌舞伎役者の見得を切る所作に酷似していると言うべきだろうか。事実、後年、歌舞伎を好んで観るようになった私は、歌舞伎役者が舞台上で大見得を切る時に、この金田の動作を思い出すことしばしばである。恐らく、金田の「大見得」は、当人にとっては、ランナーを背負った緊張から自らをリラックスさせようとする儀式でもあり、また、同時にこの大仰な身振りによってランナーに威圧感を与えようとする攻撃的姿勢であったのかもしれないが、傍から見るとショーマンシップの旺盛な金田の編み出した観客向けパフォーマンスのように見えたことも事実である。投げている当人もこの「かっこよさ」に自ら酔っていたのかもしれない。

このように、時としてスポーツ選手の仕草に認められるある際立った魅力は、普通一括りに「かっこよい」という言葉で表現することが多いが、杉浦の場合はやはり「美しい」という表現のほうがはるかに相応しい。ここで取り敢えず、「かっこよさ」が「俗」の領域、「美しさ」が「聖」の領域に属するものであると勝手に規定するとしたらどうだろうか。山田の二段変則モーションや金田のセットポジションは際立った魅力を発しながらも野球場という周囲の雰囲気に馴染んでいるのに対して、杉浦の場合は周囲の雰囲気を超越してしまっている印象を受ける。すなわち前者はあくまでも「俗」の空間に収まっているのに対して、後者は「俗」を超えて「美」＝「聖」の領域に高められたものと言えないだろうか。哲学者・プラトンは、完全な「美」は、イデアの世界にのみ存在し、この世に存在するものは不完全な「美」であると説いたが、私はそれほどストイックな人間ではない、というより、不完全な人間なので、この世の不完全な「美」に酔いしれて差し支えないのだが、それでも、突出した「美」はやはり「聖」の領域に可能な限り近づいたものではないかという思いに囚われて仕方がない。「美」を感じさせる存在が必ずしも「美」の演出家であるとは限らず、杉浦自身が自分の投球フォームにどの程度の自意識を抱いていたかは知る由もない。それは、自らの投球術を完成させるために自然に形成されたフォームと考えるのが自然だろう。ただ、後年、南海の監督にまでなった杉浦が「ただ勝つのではなく、品良く勝つことが大事だ」と語っているのを耳にしたことがあるが、この言葉に杉浦自身の美意識が反映されていて大変興味深い。つまり、なりふり構わず実益を追求しようとする昨今の拝金主義にも似た勝利至上主義ではなく、勝利にも一つのスタイルを要求しようとする姿勢がここに窺われるのである。もちろん投手としての杉浦は幾度も目覚ましい勝利という実益をチームに齎した。ある年に挙げた一シーズン三十八勝四敗という驚異的な勝率は、その最たる例の一つである。ところで、ここに面白い逸話がある。当時バッテリーを組んでいたキャッチャーの野村克也捕手（後の名監督）が、「私の言う通りに投げていれば、四敗もしなかった」というのである。そうすると四十二勝〇敗か。これはあまりにも奇跡的な勝率ではないかとつい考えてしまうが、あの当時の杉浦の力からすればあながち不可能ではないようにも思える（実現可能性という点では、イチローの四割よりも確率ははるかに高かったと私などは今でも信じているが）。では、何故、杉浦は野村のサインに首を振ったのか？　それは、勝利に向かう道筋でディテールに至るまでも一つのスタイルにこだわった結果であると思いたい。勝利の女神の端正な顔《かんばせ》に瑕瑾《かきん》のように刻印された四つの黒子《ほくろ》。その正体とは、まさにこのこだわりだったのだろう。「品良く」勝とうとする姿勢が、勝負の修羅場において、とはすなわち、現実の実利的な力学関係において、しばしば一歩退《ひ》くような結果を齎すことになるが、それは真の敗北に繋がるものではない。

むしろ、単なる勝ち・負けという「俗」の世界を支配する勝負の綾を超えて、「聖」なる空間へと人間の行為を永遠化するものなのである。いわば、勝利のスタイルへのこだわりと美しいフォームで投げることが一つになって「聖」なる空間を実現する。これが杉浦の野球人としての美学であった。

フランスの作家・サン＝テグジュペリは、『星の王子さま』の中で、一見何の役に立つのか分からない登場人物の一人「点燈夫」に対して、世界を美しく見せる仕事をしているという理由から「最も役に立つ人」という価値付けを与えているが、これは、「美」を創出する人間への最大級の賛辞である。野球場というフィールドで「美」を惜しみなく創出し、常に球場全体を輝かせてくれた杉浦に対してもこの賛辞は相応しい。

◆このエッセイを書き終えた後しばらくして、杉浦の訃報を新聞紙上で目にした時、私は思わず胸が詰まった。あの完全無欠の美の化身・杉浦も死の床で苦悶の表情を浮かべたのだろうかと想像することが、愚かなことであることは分かりきったことである。だが、私にとって彼の死は穏やかならず、言うなれば、それは、少年時代に捕らえ、そのまま記憶の中に展翅《てんし》し、保存され続けてきた見事な夢の標本が粉微塵に砕け散ってしまったような無念さ、あるいは、あたかも揚羽蝶の優雅な肢体が、女郎蜘蛛の巨大な巣の中で蝕まれ朽ち果てていく様を見届けなくてはならない哀しみに似た喪失感、と言った感懐を残したのだった。

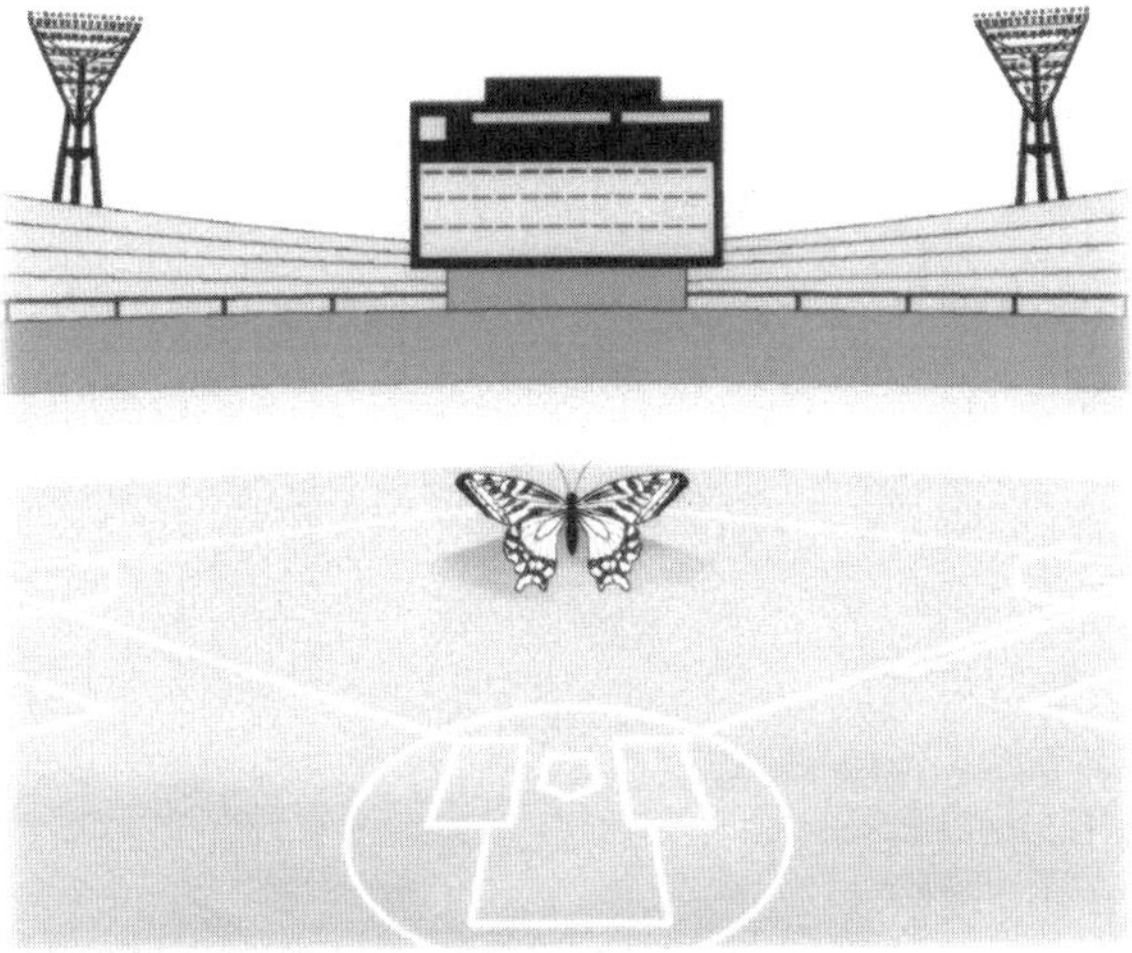

† 夏蝶の雅を吊す蜘蛛の刑

後書

この度、拙著『続・詞華集』を上梓する運びとなりました。

これは、先に出版した『詞華集』の続編として纏めたものですが、今回は、詩・短歌・俳句という短詩型のジャンルに更にエッセイ（随筆）が加わっています。小説を除く四つのジャンルを横断する形をとっているために『詞華集』という言葉を使用していますが、作品そのもののタイトルは『夢追いの狩人《スナイパー》』、すなわち人生の中で夢を追いかけて過ごしてきた「狩人《スナイパー》」に自分をなぞらえたつもりです。

前著のタイトルは『牧神《パン》の囁』でしたが、今回の『狩人《スナイパー》』も同様に半人半獣の姿で〝想像力〟という矢を弓に番《つが》えたケンタウロスという架空の存在をイメージしています。多少こじつけめいた言い方をすれば、私自身の誕生月が星座（黄道十二宮）の射手座に当たっていることとも関係するのですが、元来から私の中に異種混合いわゆるハイブリッドへの志向が強くあることにも起因しています。

元々、学生時代から比較文学的な関心が高かったこともあり、隣接する様々なジャンルを横断的に逍遙するという姿勢が自然に培われてきたのかもしれません。（因みに、若い頃、私のこのような姿勢を自然に受け入れ様々なアドヴァイスを下さった恩師――当時、指導教

授でした──川村二郎先生には今もって感謝の念に絶えません）

作品全体を通して見ると、時折、時事的な問題も折り込んではいますが、しかし、生来、現実世界に対して直接向き合うよりも、一歩退《ひ》いて夢想の世界または超越的な世界を強く意識することで自身の文学的なスタイルを定めてきました。

例えば、フランスの詩人で小説家、ジェラール・ド・ネルヴァルの「夢は第二の人生」であるとかドイツの詩人、ノヴァーリスの「意味も脈絡もない夢のような物語」、あるいは、三島由紀夫の『豊饒の海』四部作『天人五衰』の結末に描かれている、月修寺門跡の言葉「そんなお方［註・松枝清顕］は、もともとあらしゃらなかったのと違いますか？　実は、はじめから、どこにもおられなんだ、ということではありませんか？」というような言葉がさし示す、嘘と実・非在と実在の間《あわい》に文学的な世界を同定し、馴染んできたせいかいわゆるリアリズムよりも非在と実在の危うい領域こそが、私のリアリズムなのだと考えています。

名付けて〝夢想的リアリズム〟

この標語は、相反する二つの概念を含んだ明らかな形容矛盾なのですが、本来人間の在り方とはそのように矛盾を孕んだ形で成立しているのではないでしょうか。

現実世界の圧倒的な価値観に従いながらも時折夢想の世界に自らを導くことで価値の転

換が可能となる筈です。夢想空間の多寡（大きさ、広さ）は、ひとえに自分と現実世界との関わり、すなわち距離の取り方に比例します。

いずれにしてもこの二つの世界を行き来することが現実世界を領する世俗的な価値意識、すなわち実用主義の束縛から心を解き放ち昇華作用（サブリメーション）へと自らを導く契機となることを念じています。

こうした価値転換は、例えば、能の有名な作品『卒都婆小町』の中で謡われる「心の花のまだあれば」などに通じるものでもあります。現実がどうあろうと心の中に花をもてば現実を変容できると信じています。

この度の拙著の出版に際しまして、前回の出版に引き続き文芸社・企画部の砂川正臣様ならびに編集部の宮田敦是様には大変お世話になりました。ここに篤く御礼を申し上げます。

尚、随筆の『讃・モーツァルト』に掲載した楽譜については全音楽譜出版社より次のように許諾を得ています。

表示：全音楽譜出版社刊「モーツァルト・ピアノ協奏曲ニ短調（標準版）」より転載許

諾済み。

最後となりましたが、先にも触れました恩師、文藝評論家・独文学者であられた故・川村二郎先生には変わらぬ謝意を表する次第です。

著者プロフィール

山口 一彦（やまぐち かずひこ）

1946年　東京都港区（当時・芝区）出身
【経歴】
学習院大学文学部ドイツ文学科卒業
東京都立大学［人文科学研究科］大学院修士課程修了
元・昭和大学准教授。明治大学、日本女子大学、玉川大学、明治学院大学、関東学院大学　各兼任講師を歴任。
元・日本独文学会会員及び日本フランス語・フランス文学会会員
【担当科目】
「ドイツ語」「文学」「教養・文化ゼミナール」
【著書】
『S.スピルバーグ、「シンドラーのリスト」の光と影』（2016年）［近代文藝社］、『風鳶』（2018年）［文芸社］、『詞華集――牧神《パン》の囁』（2020年）［文芸社］、『欧米文学を読む』［共著］（1986年）［花林書房］、『海を越えた日本人名事典』［共同執筆］（1985年）［日外アソシエーツ］
【論文】
『「青い花」とフランス象徴主義』、『詩的実在と想像力～ノヴァーリスとボードレールに於ける～』、『ノヴァーリス・「ザイスの弟子」論』、『ノヴァーリスの照応世界～ノヴァーリスとマラルメ～』、『青い花―宇宙的自我の成熟』、『教養概念についての一考察』、『S.スピルバーグ、「シンドラーのリスト」の光と影』【論文版・独文レジュメ付】etc.
【その他】
レコード芸術『海外盤試聴記』欄担当［音楽之友社］
郁文堂『和独辞典第二版』（新語・外来語担当）［郁文堂］
ゲルハルト・ゲーベル著『モードと現代―モード・ジャーナリスト、マラルメ』（1）翻訳指導［慶應義塾大学・日吉紀要］
『風のエスキス～詩とエッセイ～』［株式会社三和、非売品］

【本文イラスト】
イラスト協力会社／株式会社ラポール イラスト事業部

続・詞華集——『夢追いの狩人《スナイパー》』

2024年 9 月15日　初版第 1 刷発行

著　者　山口 一彦
発行者　瓜谷 綱延
発行所　株式会社文芸社
〒160-0022　東京都新宿区新宿1－10－1
電話　03-5369-3060（代表）
03-5369-2299（販売）

印刷所　株式会社フクイン

ISBN978-4-286-25644-3